CINQUANTE ANS DE PRÊTRISE

—

SOUVENIRS DE FAMILLE

Le 7 avril 1864, à Aix.

Tempier

PARIS

TYPOGRAPHIE HENNUYER ET FILS

RUE DU BOULEVARD, 7.

—

1864

CINQUANTE ANS DE PRÊTRISE.

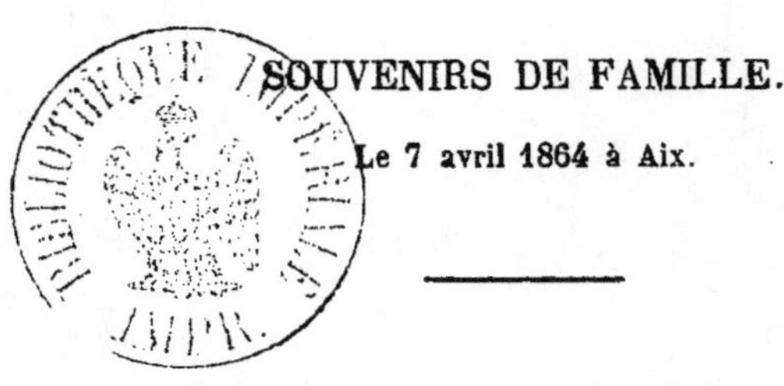

SOUVENIRS DE FAMILLE.

Le 7 avril 1864 à Aix.

Une cérémonie des plus touchantes réunissait, le jeudi
7 avril, une nombreuse assistance dans l'église de la Mission d'Aix. Mgr Chalandon, archevêque de cette ville,
accompagné de ses Vicaires Généraux, de plusieurs membres du Chapitre métropolitain, des Supérieurs des communautés religieuses et de vénérables prêtres, avait bien
voulu renoncer à présider la distribution des saintes huiles,
pour honorer de sa présence une fête de famille célébrée
par les Oblats de Marie Immaculée. A l'élite sacerdotale
de l'ancienne capitale de la Provence étaient venus s'ad-
joindre plusieurs prêtres du diocèse de Marseille. Mgr Jean-
card, évêque de Cérame, auxiliaire si dévoué de Mgr de
Mazenod, avait quitté Cannes, lieu ordinaire de sa résidence, et avait apporté aux Missionnaires avec l'éclat de
sa présence le témoignage de sa vieille et fidèle amitié. A

la suite des deux prélats et du clergé se serrait un groupe
d'Oblats, tous Supérieurs des différentes communautés du
Midi. A leur tête on voyait le T. R. P. FABRE, Supérieur
Général, et les deux Provinciaux de France. Cet ensemble
de prêtres, de religieux formait avec les Pères de la maison
une couronne hiérarchique et glorieuse autour du R. P.
TEMPIER, doyen de la Congrégation, et le premier et insé-
parable compagnon de son fondateur. C'était pour fêter
et honorer ce vénérable Père que tant d'amis illustres et
de frères dévoués s'étaient réunis. Le R. P. TEMPIER avait
atteint le 27 mars la cinquantième année de sa promotion
au sacerdoce. La coïncidence avec la fête de Pâques avait
fait retarder la célébration de cet anniversaire jusqu'au
7 avril, et dans une pensée délicate le Très-Révérend Père
Général avait choisi pour lieu de cette fête la maison
d'Aix, berceau de la Congrégation. Tous, en effet, se rap-
pelaient dans cette réunion de prêtres, de laïques nota-
bles et d'amis accourus de loin, que M. l'abbé Charles-Jo-
seph-Eugène de Mazenod avait fait dans cette maison et
cette chapelle de la Mission d'Aix ses premiers essais de
vie religieuse. Le premier prêtre qui répondit à son appel
fut M. TEMPIER, à cette époque jeune vicaire à Arles. Il
convenait de donner à ce plus ancien Missionnaire de
l'Ordre, survivant au Père de famille, un témoignage de
vénération qui rejaillît sur la mémoire de ce dernier. Aussi,
selon l'expression de Mgr l'Archevêque, qui en présidant
cette fête avait su prévenir les vœux les plus ardents, fai-
sait-on ce jour-là non-seulement la cinquantaine du P. TEM-
PIER, mais encore celle de la Société tout entière.

Des fêtes de ce genre sont rares et, par conséquent,
pleines d'émotions. C'était la première qui se célébrait
dans la famille des Oblats de Marie ; le Fondateur avait
presque atteint le glorieux terme ; il est mort six mois
avant le jour qui aurait mis le comble à la joie de ses en-

fants. Comment aurions-nous pu maîtriser notre émotion
en présence de la scène qui se déroulait sous nos regards?
Ah ! si la première messe célébrée par un prêtre nouvel-
lement ordonné inspire des sentiments vifs et profonds,
nous pouvons assurer que cette messe, célébrée au jour
cinquante fois anniversaire, renferme de plus éloquentes
leçons et produit des impressions plus durables. L'atten-
drissement qu'on remarquait dans les deux évêques et les
prêtres passa bientôt dans les rangs des fidèles qui rem-
plissaient, dans l'ordre le plus parfait, toute l'étendue de
la chapelle. Dans leurs rangs nombreux et serrés, on voyait
les membres de la famille du R. P. TEMPIER, ses deux
vénérables frères, ses amis, ses connaissances, les amis
et les bienfaiteurs de la maison. Les deux sœurs de l'Es-
pérance qui ont soigné Mgr de Mazenod dans sa dernière
maladie étaient là, c'était une douce compensation à de
longs jours d'angoisses mortelles ; elles étaient là avec
plusieurs de leurs sœurs et avec la Directrice Générale de
la Sainte-Famille qui était venue ajouter au charme de
cette réunion intime.

Comment une telle assistance n'aurait-elle pas été émue
en contemplant à l'autel entouré de prêtres, ses amis ou
ses disciples[1], un religieux dont la vigoureuse vieillesse
portait avec tant de sérénité le poids des années et des
souvenirs, célébrant sous le regard de Dieu et de deux
Pontifes amis ce sacrifice eucharistique qui renouvelle jus-
que sous les cheveux blancs l'éternelle jeunesse du sacerdoce : *Ad Deum qui lœtificat juventutem meam !* Comment
échapper au grand enseignement donné par ce spectacle

---

[1] M. Carbonnel, chanoine de Marseille, remplissait les fonctions de
prêtre assistant ; le P. Roullet, Provincial du Midi, celles de diacre ; le
P. Balaïn, Supérieur du Grand Séminaire de Fréjus, celles de sous-
diacre ; les PP. de Rolland et Vassereau faisaient acolytes, le P. Rey
(Ach.) dirigeait les cérémonies, et un frère scolastique portait l'encensoir.

d'un grand et saint archevêque honorant de sa présence et de sa parole la dignité du prêtre et les stigmates de l'apôtre dans la personne d'un ancien du sanctuaire ? Aussi jamais messe solennelle et magnifique telle qu'il s'en célèbre dans la pompe de nos cathédrales ne nous impressionna-t-elle comme ce sacrifice offert dans une modeste chapelle de religieux, devenue pour quelques instants un cénacle de prêtres et de fidèles amis. On peut dire que tout a été éclatant et instructif dans cette fête : les chants de ces voix sacerdotales brisées dans le service de Dieu ; les plus simples cérémonies accomplies non plus par des lévites de second ordre, mais par des prêtres, et surtout le charme des paroles prononcées par Mgr l'Archevêque.

A l'Evangile, le Pontife, qui, par une délicate attention, avait revêtu la mozette que portait autrefois Mgr de Mazenod, est descendu de son trône et, se plaçant à l'autel avec la mitre et la crosse, il a prononcé le discours suivant, véritable monument de son estime pour une communauté de Missionnaires, et page d'histoire résumant dans quelques accents pathétiques la fondation, les débuts, les joies et les épreuves d'une Congrégation entière :

MONSEIGNEUR, MES PÈRES, MESSIEURS,

C'est un souvenir touchant que celui de l'apôtre saint Jean, survivant à Notre-Seigneur, à Marie et à tous les Apôtres, et entouré dans sa grande vieillesse des respects et de la tendresse des chrétiens formés par ses soins. Chacun voulait le voir, l'entendre, être béni par lui. On regardait avec une pieuse vénération les traces qu'avaient laissées sur ses membres les fatigues de l'apostolat, les douleurs de l'exil, les chaînes de la prison, ou la chaudière d'huile bouillante dans laquelle il avait été plongé ; on écoutait sa parole comme l'écho fidèle de la parole même du Sauveur, et on sentait près de lui quelque chose de ces flammes de charité et d'amour qu'à la dernière cène le cœur de Jésus avait allumées dans son cœur. Instruits, convertis, baptisés, soutenus par lui, ses disciples et ses disciples c'était le peuple chrétien presque entier, ne pouvaient s'arrêter à la pensée qu'il leur fût jamais enlevé, et parce qu'on croit bien vite ce que le cœur espère, l'opinion s'était répandue partout qu'il ne devait jamais mourir.

Ne sont-ce pas des sentiments pareils aux sentiments de cette foule qui naissent en vous, mes Pères, au moment où vous célébrez la cinquantaine du disciple bien-aimé de votre premier Père? Moins encore que les années, les sollicitudes et les fatigues de son ministère ont imprimé sur les traits du Père TEMPIER les glorieux stigmates d'un laborieux apostolat, et nous rapellent son vicariat d'Arles, sa généreuse correspondance à l'appel de votre Fondateur, les générations successives dont il forma la jeunesse aux lettres et à la vertu, les missions évangéliques auxquelles il présida dans toute l'étendue de notre Provence, les travaux incessants par lesquels il contribua si puissamment à ressusciter le diocèse de Lazare, la direction de votre Noviciat et de votre Congrégation tout entière. En l'entendant vous donner ses conseils, vous croyez entendre encore ceux de cet autre fils de l'Eglise d'Aix, du vénérable Pontife à qui Dieu avait voulu confier la noble tâche de fonder un Ordre qui pût pourvoir à tous les besoins de notre époque, et vous avez mille fois senti que l'esprit du Prophète avait reposé sur son disciple. L'homme de la confiance de Mgr DE MAZENOD fut aussi l'homme de son cœur, et vous retrouvez encore en lui cette tendresse paternelle à laquelle vous fûtes accoutumés et qui vous rend plus faciles tous les sacrifices de votre sainte vocation.

Heureux êtes-vous, Révérend Père Général, d'avoir conservé et puissiez-vous conserver longtemps ce conseiller fidèle qui fut le confident de toutes les pensées du grand Évêque qui, sous les auspices de Marie, fonda votre Congrégation, le témoin de toutes ses œuvres, le consolateur de toutes ses peines, le compagnon de tous ses travaux et l'ami de toute sa vie. Le Seigneur, en vous donnant les talents et les vertus qui vous distinguent, vous avait préparé à la charge importante qu'il vous destinait; mais je le bénis de vous avoir donné, comme à Moïse, un Jéthro pour vous enrichir de son expérience, comme à David un Samuel pour vous soutenir de ses conseils.

O chère Congrégation des Oblats, j'aime à vous voir honorer, comme vous le faites aujourd'hui, celui qui à tant de titres à votre reconnaissance, à votre vénération et à votre amour joint le mérite d'être la tradition vivante de la Sainte Règle à laquelle vos enfants ont voulu soumettre leur vie, et le second anneau de la chaîne qu'ils doivent continuer à travers les siècles. Qu'ils inscrivent dans leur mémoire ou dans leur cœur plutôt, chacune de ses paroles, chacun de ses exemples ; qu'ils en lèguent le souvenir à ceux qui viendront après eux, ou mieux encore, qu'ils se forment sur le modèle, façonné par la main même de Mgr de Mazenod, à son image et à sa ressemblance.

Hélas ! malheureusement le temps presse, et les regrets succèdent sans relâche à d'autres regrets. Depuis moins d'un an, ont disparu, en trop grand nombre, ces hommes vénérés qui, dans cette maison même, avaient commencé la pieuse association dont la cinquantaine du P. TEMPIER nous redit la première époque. Aix avait été la patrie de plusieurs et le Noviciat de tous. COURTÈS ! si pieux, si bon, si simple, si attaché à votre Fondateur, si vivement pénétré de tous ses sentiments, si cher à Dieu et aux hommes ; mon âme s'était attachée à son âme, comme l'âme de David à l'âme de Jonathas. VINCENS ! à l'esprit fortement trempé, au zèle si ardent, au cœur si dévoué, que je pourrais le nommer le héros des deux mondes dans votre Congrégation ; il me serait même permis de lui décerner la palme du martyre, puisque c'est dans l'exercice d'une mission lointaine et en remplissant la charge importante dont vos suffrages l'avaient investi qu'il nous a été soudainement ravi. HONORAT ! que l'apostolat avait épuisé en Amérique, et qui n'était revenu en France que pour mourir dans l'apostolat, comme ces braves soldats qui, après avoir triomphé sur le champ des grandes batailles, rencontrent une mort glorieuse en défendant les remparts de leur propre patrie. Ah ! il n'est pas étonnant que ces noms se trouvent les premiers dans le cœur et sur les lèvres d'un archevêque d'Aix ; ceux qui les portaient appartenaient par leur naissance, par leur éducation, par leur ordination, à mon diocèse ; ils étaient vos frères, mais ils étaient aussi mes fils dans le sacerdoce, ils sont maintenant, et pour vous et pour moi, des protecteurs dans le ciel. Mais pourrai-je donc vous oublier, vous, vénéré Guinet, le Provincial de nos contrées, que nous n'avons pu connaître qu'un moment que pour vous regretter toujours, et vous tous encore, chers anciens Pères, dont le nom fait défaut à mes lèvres, mais dont le souvenir ne fait point défaut à mon cœur. Je m'unis à toute la Congrégation pour honorer votre mémoire et pour la bénir, pour admirer vos exemples et chercher à les retracer dans notre conduite : *Laudemus viros gloriosos et parentes nostros in generatione suâ* (Eccl. XLIV, 1).

Un témoin de ces temps anciens que nos neveux regarderont un jour comme les temps héroïques de la société, nous demeure encore, et sa seule présence semble répéter les paroles de saint Jean : *Quod vidimus, et audivimus, annuntiamus vobis, ut et vos societatem habeatis nobiscum et societas nostra sit cum Patre et Filio ejus Jesu-Christo* (I. Joann. 3). C'est pour cela, mes Pères, que votre respectable et bien-aimé Père Général a voulu vous réunir en grand nombre pour assister à une cinquantaine qui n'est pas seulement celle de votre premier assistant, mais aussi en quelque sorte celle de toute la Société. Tant que cette Société sera dirigée par l'esprit de foi, de dévouement et de zèle, qui anima votre premier Père et qui anime toujours dans sa verte vieillesse celui qu'il pouvait appeler son fils non moins que son frère, son Assistant et son ami ; tant que, marchant sur les traces des Mazenod et des Tempier, vous pourrez dire : *Societas nostra cum Patre et Filio ejus*, l'Eglise de la terre et l'Eglise du ciel auront à se réjouir, et le diocèse d'Aix s'honorera d'avoir été votre berceau.

Achevez maintenant, mon Révérend Père, l'auguste sacrifice que vous venez de commencer dans une église qui vous est si chère à tant de titres. Dans les cinquante ans de votre sacerdoce, près de vingt mille fois vous êtes monté au saint autel, et prêtre, selon le cœur de Dieu, à chaque fois vous avez acquis de nouveaux mérites, non moins que de nouvelles grâces. Nous sommes heureux de prier aujourd'hui avec vous et pour vous, plus heureux encore d'espérer que vous voudrez bien aussi prier pour nous, et si en ce jour béni nous n'avons pas la consolation d'entendre votre parole, en vous voyant entouré de vos confrères et de vos amis, des religieux que vous avez formés, et de vos anciens confrères d'Aix que vous avez édifiés, nous devinons votre cœur et nous comprenons que votre souhait c'est le dernier souhait de saint Jean : *Filioli, diligite invicem !* Puissions-nous nous le rappeler toujours et y répondre toujours ! Au nom du Père, du Fils et du Saint-Esprit. Ainsi soit-il.

Nous n'ajouterons aucune réflexion. Il nous suffit de dire que de telles paroles sont comme un burin qui groupe et inscrit en caractères ineffaçables les faits épars jusque-là de la vie d'une société et qu'elles deviennent pour elle un papier de noblesse dont la reconnaissance et le respect auront la garde.

La cérémonie s'est poursuivie dans l'ordre le plus parfait. Mais après la bénédiction du Très-Saint Sacrement, le T. R. P. Fabre, Supérieur Général, quittant avec la permission de Mgr l'Archevêque la place d'honneur qu'il avait occupée jusqu'à ce moment auprès de lui, est monté en chaire, et résumant dans une allocution concise et chaleureuse les impressions de tous, il a remercié, d'une voix où se trahissait l'émotion de son âme, le vénérable Archevêque d'Aix en qui *il lui avait semblé retrouver le Père et le Fondateur de la Famille*, Mgr de Cérame, *l'ami illustre et dévoué*, les nombreux ecclésiastiques présents et les fidèles recueillis et tout en larmes. La bénédiction des deux Prélats donnée solennellement a terminé cette pieuse réunion, et chacun s'est retiré emportant le parfum de ses souvenirs et de ses pensées.

Quelques instants après, un repas réunissait dans le réfectoire de la communauté les nombreux invités. Trois centres avaient été créés pour le placement des convives ; le premier était présidé par Mgr l'Archevêque à la table principale, le second par Mgr de Cérame, et le troisième par le R. P. TEMPIER, héros de la fête. Cette disposition ingénieuse avait permis de multiplier les places d'honneur aux tables latérales et de disperser sur tous les points de la salle les hôtes les plus éminents. Nous donnons comme simple document historique la liste de ces chers invités[1] :

Mgr l'Archevêque d'Aix, Mgr l'Evêque de Cérame, M. Reynaud, M. Conil, M. Rouchon, Vicaires Généraux, M. Figuières, Doyen du Chapitre, M. Lenoir, Chanoine, Vicaire Général, M. Contestable, Chanoine Secrétaire Général, M. Gespier, Chanoine Archiprêtre, M. Félix, Chanoine, M. Caillat, Curé de Saint-Jean, M. Reynaud, Professeur à la Faculté de théologie, M. Boyer, Secrétaire de Mgr l'Archevêque, M. Lucas, Supérieur du Grand Séminaire, le R. P. Payan, Supérieur des Jésuites, le Supérieur de la maison de la Retraite, M. le Curé d'Orgon.

Le Diocèse de Marseille était représenté par M. Cailhol, Chanoine, ancien Vicaire Général de Mgr de Mazenod, M. Dupuy, Chanoine, M. Carbonel, Chanoine, M. Gondran, Curé de Saint-Cannat, M. Chauvier, Aumônier du couvent du Saint-Nom de Jésus, M. le Curé de Château-Gombert.

Les Oblats étaient : le Très-Révérend Père Général, le R. P. Tempier, le R. P. Roullet, Provincial du Midi, le R. P. Burfin, Provincial du Nord, le R. P. Bernard, Supérieur de Montolivet, le R. P. Dassy, Supérieur de Notre-Dame de la Garde, le R. P. Bermond, Supérieur de Notre-Dame de Lumières, le R. P. Balaïn, Supérieur du Grand Séminaire de Fréjus, le R. P. Bellon, Supérieur du Calvaire, le R. P. de L'Hermite, Supérieur d'Aix, le R. P. Rey, Se-

---

[1] Quelques prêtres et laïques, qui avaient assisté à la fête religieuse, se sont excusés de l'assistance au repas pour des occupations ou raisons majeures.

crétaire du Supérieur Général, et les Pères Chardin, Bonnard, Sumien, de Saboulin, Bonnet, de Rolland, Vassereau et le Frère André, qui composent la maison d'Aix.

Parmi les laïques nommons : les deux frères du R. P. TEMPIER, M. de Saboulin, M. Joseph de Boisgelin, le docteur Castellan, M. Pison, Président des conférences de Saint-Vincent de Paul, M. Sarrus, avocat, neveu de Mgr l'Archevêque de Tours[1].

Des émotions nouvelles nous attendaient au réfectoire. Au dessert, M. Cailhol, Chanoine de Marseille et ancien confrère du R. P. Tempier dans le Vicariat Général, s'est levé et a prononcé les paroles suivantes, interrompues par son émotion et ses larmes ;

MONSEIGNEUR, MESSIEURS,

Il manque à cette fête celui dont le cœur grand et bon était le centre autour duquel se réunissaient nos cœurs. Il ne manque pas cependant tout entier, son esprit est encore vivant ici. Je crois le voir lui-même avec son meilleur sourire, avec ce sourire affectueux qui est gravé dans nos âmes, applaudir du haut du ciel et célébrer avec nous cet aniversaire... Et puis, Monseigneur, ne le rappelez-vous pas au milieu de nous ? Votre bonté touchante, votre affection paternelle à l'égard de nous ont remplacé sa bonté et son affection, vous nous avez prodigué les consolations qui adoucissent les douleurs et aident à supporter les épreuves, et aujourd'hui vous avez mis le comble à notre joie en daignant la partager, en rehaussant par votre présence les pompes de la cérémonie religieuse et en présidant ces agapes fraternelles. Oh ! soyez mille fois béni ! Je suis heureux d'avoir l'occasion de déposer publiquement aux

---

[1] M. Fabry, conseiller, et M. Tavernier, avocat, amis intimes de la Congrégation, n'ont pu assister ni à la Messe ni au dîner ; le premier ayant son audience, le second pour cause de grand deuil. M. le Supérieur du Petit Séminaire, souffrant, a dû se faire excuser, et le Supérieur des Capucins était absent.

pieds de Votre Grandeur l'hommage respectueux de notre profonde et éternelle reconnaissance.

Maintenant, très-cher et vénérable ami, si je reporte ma pensée jusqu'à l'époque où, nouveau prêtre, vous montiez pour la première fois au saint autel, quelle carrière j'aperçois se dérouler devant mes regards !

Associé à l'administration des deux saints Evêques qui se sont succédé sur le siége de Marseille, vous les avez aidés avec un dévouement sans pareil à porter le poids de leur charge. Tout était à faire, pour ainsi dire. Unissant votre zèle à leur zèle, vos efforts à leurs efforts, comme eux vous n'avez reculé devant aucune difficulté. Les communautés religieuses dont vous étiez spécialement chargé vous ont dû, quelques-unes leur fondation ou leur existence, toutes leurs développements et leur régularité.

La gloire de Dieu, l'honneur de l'Eglise, le bien des âmes, voilà le but unique qu'avec ces saints Evêques vous vous êtes proposé et que, durant près de quarante ans, vous avez, au prix de tous les travaux, cherché à atteindre. Grâce au Seigneur, ce but a été atteint. Quiconque voudra être juste reconnaîtra que l'esprit de religion et de piété, qui fait en ce moment la gloire du diocèse de saint Lazare, est dû, après Dieu, à ces administrations dont vous avez largement partagé les travaux et les sollicitudes.

Mais ce n'est point là ce dont je veux aujourd'hui vous féliciter. Lorsque l'abbé de Mazenod, dévoré du zèle qui remplissait les Apôtres, eut arboré l'étendard de la croix avec cette devise : *Evangelizare pauperibus misit me*, vous avez été le premier à vous unir à lui et à le suivre dans cette voie apostolique. Elevée bientôt au rang des familles religieuses, la Congrégation vit s'ouvrir devant elle le champ de l'Eglise tout entière. Votre courage fut à la hauteur des devoirs nouveaux qui vous étaient imposés ; ils étaient nombreux, compliqués, ils semblaient dépasser les forces humaines. La grâce de Dieu, secondée par la générosité de votre cœur, vous soutint constamment, et vos amis eurent le bonheur de vous trouver toujours le même, dans les rapports intimes serein, gai, affectueux ; dans les conseils calme et éclairé ; dans l'action prudent, décidé et énergique. Fallait-il subitement passer d'une affaire sérieuse à une autre toute différente, diriger d'importantes constructions, se mettre en voyage, cela eût été pénible pour un grand nombre, ce n'était rien pour vous, et l'on vous voyait au besoin, parvenu déjà à un grand âge, traverser l'Océan, aller visiter des contrées lointaines, en revenir de la même manière que vous eussiez fait une promenade d'agrément à la maison de campagne.

Les épreuves, disons mieux, les perles précieuses qui embellissent l'éclat de la couronne de toute âme chrétienne et surtout sacerdotale, ne vous ont pas manqué ; elles ont accru vos mérites et aujourd'hui elles doivent augmenter votre joie. Au surplus, que de consolations vous ont été données ! Plus heureux que Moïse et Aaron, qui ne purent apercevoir que de loin la terre promise, Mgr de Mazenod et vous avez vu croître, prospérer, s'établir d'une manière définitive la tribu sainte, la race sacerdotale. Aujourd'hui vous avez le bonheur de voir les destinées de cette œuvre bien-aimée affermies pour longtemps par les forces viriles, le zèle, l'intelligence et les mérites de celui qui, comme un autre Josué, devenu le Père de la Congrégation, s'honore d'avoir été formé à votre école et qui, avec sa reconnaissance et son amour, est venu vous offrir les sentiments et les vœux de tous ceux qui sont et qui veulent toujours s'appeler vos enfants.

Et pour qu'aucun de ceux qui s'intéressent à vous et vous conservent des sentiments qui datent de loin ne manque à cette réunion, la Providence a permis qu'un évêque, qui a été votre confrère dans l'administration du diocèse de Marseille, et qui était lui-même si dévoué à Mgr de Mazenod, vienne assister à cette fête. Il a quitté sa famille, il s'est éloigné du lieu de sa résidence pour s'unir à nous, ses vieux amis, et fêter un autre ami, lui souhaiter du fond de son cœur que Dieu prolonge son existence et le comble de toutes ses bénédictions !

C'est là notre vœu à tous ! Oui, action de grâces à Dieu et à la Vierge Immaculée de toutes les faveurs qui vous ont été accordées, reconnaissance pour la protection qu'ils vous ont prodiguée dans votre longue carrière ! Mais qu'ils vous conservent longtemps encore à vos amis, à vos enfants, à vos frères, à tous ceux qui vous connaissent, vous vénèrent et vous aiment !

Je porte un toast, Messieurs, pour la longue vie, la santé et le bonheur du Révérend Père Tempier !

Ces paroles si pleines d'affection et de dévouement ont été chaleureusement applaudies. Elles avaient interprété les sentiments de tous. Le R. P. de L'Hermite, Supérieur de la maison d'Aix, autorisé par le Supérieur Général, s'est levé après M. Cailhol et a porté à son tour le toast suivant :

MONSEIGNEUR,

Il y a quelques années à peine, la Congrégation des Oblats de Marie Immaculée voyait à sa tête un Pontife illustre, qui partageait avec ses enfants toutes les joies comme toutes les épreuves. Il était de toutes nos fêtes et de tous nos deuils de famille. Dieu, qui l'a ravi à notre vénération filiale, a consolé cette douleur par le choix d'un successeur animé du même esprit pour le gouvernement de notre société religieuse ; nous pouvons ajouter que l'affection de Mgr DE MAZENOD pour ses Missionnaires a passé également de son cœur dans celui d'un très-grand nombre de prélats qui nous accordent partout le bienfait de leur haute protection. Personne mieux que vous, Monseigneur, n'a compris le grand art de consoler des fils orphelins. *Oui, je le sais,* ce n'est pas simplement en conservant à la communauté d'*Aix* une bienveillance constante que vous témoignez de la bonté de votre cœur pour la modeste Congrégation des Oblats de Marie ; votre sympathie les accompagne par delà votre diocèse et les couvre au loin d'un reflet d'estime dont ils sont fiers. Aujourd'hui, Monseigneur, en présidant cette fête de famille, vous honorez en même temps le vénérable Père qui en est l'objet et la société tout entière dont il est le doyen.

Et vous, Pontife dévoué et bien cher, en qui nous retrouvons avec la dignité de l'évêque la fidélité de l'ami, nous vous devons aussi une parole de reconnaissance pour cet élan spontané qui vous a porté ici, afin d'ajouter par la joie et la splendeur de votre présence à la joie de celui qui fut le compagnon de vos travaux et à l'honneur de ces Missionnaires dont vous partageâtes toujours la bonne comme la mauvaise fortune.

Mon Très-Révérend Père, votre cœur a préparé cette solennité. Héritier de l'œuvre du Fondateur des Oblats, comme de son autorité sur eux, vous exécutez dans la fête de ce jour le testament de sa pensée et de son cœur. Votre présence à *Aix* aujourd'hui est à la fois un acte de père et un acte de fils qui nous rappelle les procédés du premier chef de la famille. Aussi nous aimons à redire, en souvenir du passé et dans l'émotion du présent : « Nous sommes tous les enfants d'un même père : *Omnes filii unius viri sumus.* »

Mon Révérend Père,

Cinquante ans c'est beaucoup dans la vie d'un homme, c'est beaucoup aussi dans la vie d'une société. Nous vous devions de vous honorer en présence de ces vénérables prélats et de ces hôtes si chers, fidèles au rendez-vous de l'amitié. Le premier vous répondîtes à l'appel du Fondateur ; vous avez porté avec lui le poids du jour et de la fatigue dans tous les ministères où s'exerça sa charité, et maintenant qu'il n'est plus, vous nous redites ce qu'il fut et ce qu'il fit. Bien que jeunes encore sur le cœur de l'Eglise, nous avons déjà nos traditions, et nous pouvons interroger nos anciens, dont la verte vieillesse nous enseigne encore : *Interroga patrem tuum et annuntiabit tibi, majores tuos et dicent tibi...*

Longtemps encore, mon Révérend Père, soyez parmi nous le témoin et le narrateur de l'histoire, le type des vertus sacerdotales et religieuses, le conseil de notre jeunesse. Il appartenait à des voix plus autorisées que la mienne de vous féliciter publiquement ; il semble surtout qu'après les félicitations si délicates et tombées de si haut, qui vous ont glorifié ce matin devant un cénacle de prêtres, tout essai d'éloge devînt superflu. Mais je n'ai pas oublié que la maison d'*Aix* fut le berceau de notre sociéié, et si je me suis levé au milieu de mes aînés pour vous exprimer l'affection de tous, ce n'a pas été pour faire un acte téméraire. En tous cas on me le pardonnera. *Aix* fut votre berceau comme le nôtre, et puisque la Providence m'a confié la garde de cette patrie religieuse où furent conçus et commencés tant de projets apostoliques, je veux être fidèle au culte des souvenirs et dire, en vous acclamant au sein de cette fête d'un sacerdoce rajeuni : « *Ad multos annos!...* »

Nosseigneurs les Evêques ont répondu à ces deux discours par quelques mots pleins d'à-propos et de délicate affection. Mgr de Cérame a exprimé surtout sa vive satisfaction des paroles prononcées le matin par Mgr l'Archevêque, et ses vœux ardents pour la prospérité de la Congrégation dont le P. Tempier est le Doyen. Ces vœux trouvaient dans tous les cœurs de sympathiques échos.

Chacun se transmettait doucement ses impressions, et au milieu de ces fraternelles agapes, les regards se portaient fréquemment sur le R. P. Tempier, dont la figure radieuse et les procédés affectueux pour tous donnaient la mesure de son bonheur. N'oublions pas de dire qu'après s'être arrêté à contempler le front souriant de ce vieillard encore si fort et si aimable, on se reposait avec un charme non moins attrayant sur les nobles physionomies de ses deux frères, assis non loin de lui et partageant les honneurs et la joie de l'humble religieux.

Le dîner terminé, on s'est dispersé dans les corridors, le jardin et les salles de la vaste maison, ancien monastère de Carmélites, dont les murs antiques et sévères portaient encore, malgré les parures du jour, les traces vivantes de la pauvreté première. La plus douce allégresse s'épanouissait sur tous les visages, et le R. P. Tempier et le Supé-

rieur Général recueillaient les plus chaleureuses félicitations. La fête s'était écoulée sans aucun accident; elle
avait répandu dans l'âme de chacun des parfums célestes.

Aussi, en se retirant successivement, prêtres et laïques
se redisaient à part soi que les fêtes chrétiennes et religieuses sont les seules dont le souvenir soit exempt d'a-
mertume. *Ecce quam bonum et quam jucundum habitare fra-
tres in unum !*

Paris. — Typographie HENNUYER ET FILS, rue du Boulevard, 7.

Paris. — Typographie HENNUYER ET FILS, rue du Boulevard, 7.

www.ingramcontent.com/pod-product-compliance
Lightning Source LLC
Chambersburg PA
CBHW051209050726
47594CB00007B/3133